Traduit de l'anglais par Isabel Finkenstaedt

ISBN 978-2-211-01804-3

© 1990, l'école des loisirs, Paris, pour l'édition dans la collection *lutin poche*

© 1989, kaléidoscope, Paris, pour l'édition en langue française

© 1989, A.E.T. Browne& Partners

Titre de l'ouvrage original : « The Tunnel » (Julia MacRae Books, a division of Walker Books Ltd, Londres)

Loi numéro 49 956 du 16 juillet 1949 sur les publications

destinées à la jeunesse : septembre 1990

Dépôt légal : mai 2020

Imprimé en France par Pollina à Luçon - 93789

LE TUNNEL

ANTHONY BROWNE

kaléidoscope
les lutins de l'école des loisirs
11, rue de Sèvres, Paris 6ᵉ

Il était une fois une sœur et un frère qui ne se ressemblaient pas du tout.
Ils étaient différents en tous points.

La sœur passait des heures seule à la maison. Elle lisait et elle rêvassait. Le frère s'amusait dehors avec ses copains. Il riait et il criait, il lançait et il bloquait le ballon, il chahutait et il se bagarrait.

Le soir, il s'endormait rapidement dans sa chambre.
Mais elle restait éveillée, à écouter les bruits de la nuit.
Parfois il entrait à pas de loup dans la chambre de sa sœur
pour l'effrayer, car il savait qu'elle avait peur du noir.

Quand ils étaient ensemble, ils se chamaillaient
et se disputaient bruyamment. Tout le temps.

Un matin, leur mère perdit patience.

— Allez jouer dehors, tous les deux, dit-elle, et essayez de bien
vous entendre, pour une fois. Et soyez à l'heure pour le déjeuner.
Mais le garçon ne voulait pas que sa petite sœur l'accompagne.

Ils marchèrent jusqu'à un terrain vague.

— Pourquoi fallait-il que tu viennes? ronchonna-t-il.

— Ce n'est pas ma faute, répliqua-t-elle. Je ne voulais pas venir dans cet horrible endroit. Il me fait peur.

— Oh, pauvre bébé, dit son frère. Tu es une vraie poule mouillée. Il alla explorer le terrain vague.

— **H**é! Viens voir! cria-t-il au bout d'un moment. Elle s'avança vers lui.

— Regarde! s'exclama-t-il. Un tunnel. Allons voir où il mène.

— N-non, il ne faut pas, dit-elle. Il y a peut-être des sorcières...
ou des lutins... ou *n'importe quoi* là-dedans.

— Ne sois pas si nouille, dit son frère. C'est des histoires de gosses.

— Nous devons être à l'heure pour le déjeuner... dit-elle.

La sœur était terrorisée par le tunnel alors elle resta dehors à attendre le retour de son frère. Elle attendit et attendit mais il ne revint pas. Elle était au bord des larmes. Que pouvait-elle faire? Elle était *obligée* de le suivre dans le tunnel.

Le tunnel était sombre,

et humide, et visqueux, et effrayant.

A l'autre bout du tunnel, elle se retrouva dans un bois silencieux.
Il n'y avait aucune trace de son frère. Le bois tourna très vite en une forêt
épaisse. Elle pensa aux loups et aux géants et aux sorcières. Elle voulait
revenir sur ses pas. Mais cela lui était impossible — qu'adviendrait-il
de son frère si elle s'en allait? Elle avait très peur, et elle se mit à courir,
de plus en plus vite...

Au moment où elle comprit qu'elle ne pourrait pas aller plus loin, elle arriva dans une clairière.

Il y avait là une forme, immobile comme une pierre.

C'était son frère.

— Oh non, sanglota-t-elle. J'arrive trop tard.

Elle jeta ses bras autour de la forme froide et dure et elle pleura.
Très lentement, la silhouette changea de couleur, s'adoucit
et se réchauffa.

Puis, progressivement, la forme se mit à bouger. Son frère était là.
— Rose! Je savais que tu viendrais, dit-il.
Ils rentrèrent en courant, traversèrent la forêt, le bois, le tunnel,
et se retrouvèrent à l'air libre. Ensemble.

Quand ils arrivèrent à la maison, leur mère était en train de mettre le couvert.

— Bonjour, dit-elle. Je vous trouve bien silencieux tous les deux. Est-ce que ça va?

Rose sourit à son frère.

Et Jack lui retourna son sourire.